文芸社セレクション

車いすとどこまでも

山内 雅子
YAMAUCHI Masako

文芸社

目次

車いすとどこまでも

「快《かい》ーそこにいてねー！」

広い寺領を二分するように、東西に横切る車道。母親・恵利《えり》の立つ横断歩道の正面の信号機は、赤である。彼女の目は、街路樹、とう楓の幹にもたれるようにしている息子・快に焦点をあてた。ズボンの膝の破れ、ビニール袋からこぼれかけの葱と重量のある豆腐を、顎を引きぎみにして、ふんばって持っている律義さをみてとった。

恵利の〝お使いに行ってくれるかな〟の言葉に素直に従ったから、葱・豆腐・油揚げを携えて〝ただいま〟を、今か今かと帰ってくるのを待っていた。四十分はさすがに遅い。

風邪ぎみでぐずっていた二歳の娘・真由《まゆ》をようやく寝かしつけ、恵利の母・美子《よしこ》に、「快を迎えに」と言い置いて出た。

迎えに出た恵利が横断歩道で対面した折に発した言葉は、快の心を落ちつかせた。

信号は、青になった。

恵利は、左右をみて先頭を小走りで駆けると同時に、予期せぬ出来事に遭遇した。

快ではなくオートバイと鉢合った。

参詣の人、甲高い子どもらの声をかいくぐって彼を捉えねばという思いも、ぶつかった弾みで、恵利の頭の中のすべてが白にとけて消えた。

恵利は、気がつくといつの間《ま》にか山頂で、うっすらとした靄《もや》につつまれた中、四人がガーデンテーブルを囲んでいた。皆無言であった。眼下は所所一かたまりになった雲が、浮かんだり流れたりを繰り返していた。

朝なのか日中《にっちゅう》なのか、通る風は、湿り気のある生暖《なまあたた》かさを助長するのみであった。

ふと傍らにいる快をみると、涼風を求めたいのか、とっとと前方へ、走り去った。

ここは頂上なので走ればどんなことになるか。恵利はとっさに、〝走っちゃだめ〟と言ってはいるがどうしたことか声が出ない。残る二人も、追うように彼方へ消えていった。

彼女が手をラッパ状にして叫んでも、息苦しさのみで、彼らを呼び戻せなかった。

辺りはいつの間にか今までの団らんの場景から、帷《とばり》が下りたようになり寒さへ一変した。

体を覆《おお》う冷気を払うように腕を互いに交差し、さするうちに彼女一人が薄灰色がかった夜色の中、とり残され途方に暮れた。

――・――・――・――

遠くで微《かす》かに「ママー・ママー」の二重唱に引きよせられるような感覚が少しずつ耳許にたどりついた。

まぶたが静かに静かに用心深くためらいがちに開き始めたが、半開きで止まった。本能的に、また何かが一変するような場面に遭遇するのではないかという恐怖と不安が、まぶたの全開を拒ませた。それでも、少しずつ、子どもたちや周囲の呼びかけに、やがて眼球の動きは、線から点に焦点が絞られてきた。

確実に、目で応えるようになった。

恵利は、点を拡大し快をとらえようと腕を伸ばそうとするが、空《くう》をつかむばかりであった。夫・信一が、彼女の手を快の手と引き結びあわせた。快の手は、オーブンから出したパンのように熱くふっくらとしていて、恵利の手を確実に包み込んだ。そのぬくもりで、小寒い山頂ではなく、病院のベッドの上で、ギプスと包帯で身動きできない自分の現実を知らされた。

オートバイにはね上げられ、背中を地に叩《たた》き付けられ、打ちどころが悪い、最悪のケースにあてはまった。運が悪かったとしか言いようのない試練である。

恵利の心は、あの日で止まってしまっていて、ベッドで長い日数を要した実感もすっぽり抜けていた。彼女を見守っていた、子どもたち、夫、父母、義父母にも、長期間反応が弱いことで、絶望と希望がとっ組みあいをして勝負のつかない闘いに、リング外の最前列でエールを続けることしかできなかった月日が同じだけ存在した。

美子は、「信一さん、こんなに長引くものなのでしょうか、植物人間となって一生ベッドでの生活と思いたくないですね」

「そうでないことを願うばかり、待つしかありません……」と、恵利の手をさすり、頭の位置に気を配りながら自分に言いきかせていた。

子どもたちも、特に快もそうだが、真由の成長も著しく、母代《ははが》わりの美子のおかげで、頼もしく、心優しく育っていた。

病院での二人は、恵利に刺激を与えるようにと主治医から言われたことを拡大して、本の読みきかせに声色《こわいろ》を入れたり、耳朶《みみたぶ》・頰《ほほ》・腕・指のマッサージをして何とか反応してほしい気持ちを前に押し出す、いじらしい行為が入院の間中続いた。

今、恵利の目が開《あ》いたことで、まわりの誰もが大よろこびをし、このまま順調に治り、病室を出る日も近いとおもい込んでいた。

しかし、日が経つにつれ、外形状の回復度に反比例している気力に彼女自身気付き始めた。いわゆる無気力感に陥っていた。

手指の屈伸というのは日常動作そのもので、リハビリテーションと言えないにもかかわらず、今の恵利には自ら動かすことが億劫であった。他人に甘えたままでいた。

ある時恵利は、足先に痒みを覚え思わず手で搔こうとした。ウムッ！　あれ？　無理な姿勢ながら際限なく繰り返すが、痒さが解消されないばかりか、腰から下半分の無感覚さに苛《さいな》まれる結果になってしまった。先生の言葉通りだった。

自分の足が痒み発信しているのに応えられない。そんなはずはない、自分の体ではないか。どうしたというのか。自分の始末を自分でできないことに、強い衝撃を受け、やる気と元気が消失し萎えた。

事故前の恵利は、思いたったら〝すぐやる母さん〟と呼ばれ、すばやい動作の元気者であった。

「恵利しっかりしてよ」親友・朋希子《ときこ》の言葉にもほほ笑みでしか交せられなく、絶望の淵《ふち》を覗《のぞ》いてしまった心象を容易に消すことができないでいた。

ベッドの上での腕上げが、リハビリにつながるとは思えず、恵利の中では仕方なく時間を費やしているにすぎなかった。

自力での動作が難しいことを悟るようになって以来、療法士、看護師等の笑顔に応えられない自身に苛立ちを覚えていた。

一方で、こんな態度は、命を救ってくれた周りの人達に申しわけないという反省の気持ちだけ前にすすむが、萎えた気力を立て直すまでには至らなかった。

むしろ、今までの普通の生活が送れないと短絡的に烙印を自ら押していた。

やる気の無さ、先の不安にとりつかれて、心も身体も置き去りになり、ただベッドですごすのみであった。

そんなつらく暗い気持ちを子どもたちは知る由もないと思っていた。

二人は、美子につれられて、毎日天候に関係なくリュックサックに絵描き帳、ぬり絵、折り紙を入れて、今までと違い恵利の肉声に触れることで、弾むように喜々としてやってくる。時には、院内の図書館で紙芝居や、恵利好みの本を借りて、楽しく時を共用していた。

特に快は、恵利の足のマッサージをする美子の方を向き、「ばあばー、真由と仲良く遊んでいるよね、お手伝いできるよね、ママ元気な笑顔になるよね、みんなにご本読んであげてるよね……」堰《せき》を切ったように一気にまくし立てた。

恵利は思わず快の手をひきよせ、「がんばってくれたね、ママもがんばって元気になるからね」と、口に出すそばから彼の頭を腕で包んだ。真由も上目で、口を堅くむすんで、涙をこらえて恵利に寄り、差し出された手につながった。

深い堀に落ちこんだ気持ちが城壁から垂らされた紐の端をつかんだ心地になった。光《ひかり》だ。

子ども達のいじらしさが言葉の端々から読みとれ、恵利の心に強く浸み、いつまでもわがままな母親では許されないと悟りはじめた。

彼女は、事故前のように、笑顔であかるい母親をとりもどし、家族をひっぱっていく存在へという気持ちに変化してきたことを〝心の奥〟に溜めこんだ。

今日からは、昨日までの恵利とは違い、積極的にベッドから離れることに前向きとなった。主治医の話から、車いす生活を余儀なくされることを覚悟していたから、操作を知り習い慣れ自在にこなすことに向かった。〝継続は力なり〟と、よく言ったもので、天井や壁を唯見ていた日々が考えられない、前向きの所作範囲が広がってきた。後を向かない！

そんな時でもふと、車いす移動がすべてのところで理解されるのか考えることもあった。

恵利は急速な心身の回復と日常生活とのギャップが生じないかの先の不安も出ていた。

「最近、先生から、病院生活から解放しても良いという話が出るようになりましたよ」

「一通りのことができるようになったしな」

「この腕の太さ、はずかしいくらいよ」

「病院食に加えて、お母さんの作った卵焼きだの煮物もペロリ、太くなるよなー」

「車いすってけっこう侮りがたい相手なの、闇雲に走らせるのではなく、力加減をしないとね。この腕が張り合ってくれているからよ」

「腕力、体力、意欲、上上だな。そういう話も出てくるよな。本当にリハビリやり通した根性、感心した。元の明るさになって、ほっとしているよ」

「あらためて、家族の大切さがわかり、特に私の場合、精神の落ち込みで、リハビリの取っ掛かりが遅く、皆に心配かけたこと、反省してます」

「特に快が子どもながら、一番冷静に対処していたよな。〝母さんを、僕も守るんだ〟って殊勝なこと言っていたぞ」

「子ども達にずいぶん負担かけたのですね、家での生活を考えてよい頃なのでしょうか――」

少し前から、信一の心の中でも、恵利の、車いすの欠かせない日常生活を考えて、手すり、段差を取り去るなどバリアフリーを具体化していた。

仕事のあい間をぬっては、住宅展示場、福祉用具プラザを何度も廻り、資料収集物がダンボール一杯になるほど、方々《ほうぼう》に足をのばした。

病院から、退院を知らされた。信一の頭の中は、家全体の新築を考えていた。しかし、資料をもとに設計から、きちんとしたバリアフリーにするには、日数が少ないことから、来年までに熟慮することにした。

今回、トイレ、浴室にスロープや手すりを取り付ける応急の改装にした。ただし、急場しのぎでも、木製のものをできるだけ取り付けたい、恵利の思いを大切にした。

信一は、握り棒を丹念に削る、大工さんの手元を凝視した。

思わぬことで命を残せても、車いす生活になった無念さ、先の不安は計り知れないものだろう。

ふと、信一は、結婚の誓いにあった〝病《や》める時も……〟という一節が、この状況を言っていることに、気付いた。

誰しも、心の奥底に畝《うね》を持っているのだ。

彼は、恵利の心の畝に〝先の不安〟という種を蒔《ま》くのではなく、前向き、希望という種が蒔けるよう、彼女に寄り添い、共に生長してゆくぞという決意をした。彼女の颯爽とした車いす姿が、過《よぎ》った。

今まで、バスケットボール部活顧問として、帰宅の遅い信一抜きの夕食から一変し、彼が食事づくり、食器洗いの手伝いを、子ども達に混ってするようにした。恵利は、幸い両手や上半身は比較的自由に動かす範囲が、大きく広がってきていた。それに加えて、家事については、近くに住む、美子の助けや、父恒夫《つねお》の趣味である日曜大工の腕と、福祉用具の使用を組み合わせ、少しずつ日常のことができるまでになった。

子ども達の風呂入れは、ゆったりできる休日の信一の役目であった。今では、毎回家族全員水入らずでバスタイムを楽しんでいる。

恵利が周りの人達、家族、両親、義父母、友人らの励ましなどで、彼女の心に久方ぶりの落ちつきと安らぎをもたらす日々になっていた。特に信一と恵利は、毎日何かしら、笑いの絶えない言葉が次から次へと、手品師が鳩や旗を手元から出すような連続する会話に、大きな喜びを感じていた。長い道程《みちのり》であった。

そんなある日、日本海沿いにある旅館、信一の実家から、夕食後のかたづけ終了まぎわ、一本の電話が入った。

信一が受話器を取るが早いか、母節子から、「父さんが父さんが……」「親父がどうしたんだ、何が」の問答に始まり、それでとか、しっかり話してくれ、くぐもった声と苛立ちを抑える声が続いた。

信一は、父信吾が倒れ、集中治療室に入っていることを、途切れ途切れの要領の得ない言葉から、受話器を内耳に挿し入れるようにして、聞きとった。

恵利は、緊迫した様子のただならぬ気配を、無感覚のはずの足先にも感じられるほどであった。信一が、受話器を置くのと、恵利が小型バッグに必要なものを、詰め終えるのと同時であった。

間もなく信一は車中の人となった。

・・・

脳梗塞の危篤状態を脱し、自宅での療養にまでこぎつけた信吾は、言語の不自由さ、半身マヒは残ったが、その後のリハビリの効果で、ヘルパーさんの助けをかりて、身の廻りのことができるようになった。

しかし旅館は休業できない分、節子一人の肩に全責任がかかっていた。

以来、週末になると、信一は、快と真由を伴《ともな》って、旅館の手伝いに通った。それは、恵利の強い頼みであった。

自身がそうであったから、信吾に、信一、快、真由らに囲まれることで、心の平穏を受けてもらいたいと、思ったのだ。

幾週か旅館に通ったある日、節子は、信一に今後のことを相談したいと切り出した。

信一もまた、信吾の機能回復状態が部位によっては、完治が難しい、もしくは、時間がかかると、主治医から聞かされていたので、話し合う矢先だったから感応した。

今までの旅館の大方《おおかた》は、信吾一人の肩に担がれていたんだと、節子が実感した結果でもあった。信一は、ここの内情を知れば知るほど、天秤棒を、この先限りなく節子一人で担ぐ荷の重さや、大変さに理解を示した。

彼は幼い頃から、祖父の後《あと》を継いだ信吾の姿をみて育った。その時は、表に見えない奥のことに触れることはなかった。今回臨時とは言え、内情を知ることになった。雑務多大も含め、節子自身気丈であっても、無理を悟り、自分にすがらざるを得ないのも、自然だと受け止めた。恵利は、それらの事情を聞き、信吾の存在を強く思い起こした。

彼が、倒れる前まで、無病息災で、早朝から深夜まで働き、いつ就寝するのかと、全身全霊を傾ける後姿《うしろすがた》であった。それが病後、杖にすがり、足元もおぼつかない姿になるとは。〝残酷すぎる仕打ちですよね！〟恵利は、神様に、つい、悪態を吐《つ》いてしまった。

旅館の一人息子との縁なので、継ぐ話が出てもおかしくない。しかし、今その時とは、思いがけないというのが、正直な所であろう。

恵利が事故に遭い、気力を失った身を支えてくれた、信吾、節子への感謝にかえられるのは、信一が継ぐことだろう。しかし、自らのことで手いっぱいの恵利に負担を与えるなど、彼の心は、千々《ちぢ》に乱れた。とにかく今、何らかの結論をきちんと出す時期である。

ここで廃業となれば、信吾の地域に根差した努力、熱意のすべてを無に帰すことを考えると、信一が継ぐのが順当であろう。

しかし、肝心要の彼の心が、揺れに揺れて、なかなか決心に到らなかった。

恵利は、ほとんど車いす生活で、周りの助けで、家事業がやっとこなせる状態。信一は教員からの、百八十度の転身。子ども達の生活環境の変化。旅館の老朽化。家族全員の生活をすべて変換せざるを得ないことが、決心を鈍らせていた。

恵利は、信一との話のやりとりから、それを大きく占めるのが、自分を思いやってのことだということを、聡く感じとった。

彼女は、脳みそが頭蓋骨から、とび出すのではと思うほど、一人深く長く考え抜いた。

自問自答の繰り返しを続けるうちに、結論が出てきた。緊張が高まり発声した。

「私！　車いす若女将になりたい……、なりますけど、どうでしょうか、障害があって、外に出にくい人達にも宿泊していただけるようその、お手伝いをしたいのです
私のように人生、中途で障害になったりすると、極端に、外気に触れる機会を失いがちなので、ましてや旅行など考えが及びませんよね、でも、お手助けしたいのです、バリアフリーをとり入れた宿に建て替えたいのです」

「バリアフリー宿とはな。驚いたが恵利が発言すると説得力がある、ん、あるなー」

「誤解があると困るけれど、障害がある人だけでなく、今までと同じ、旅行者すべての人の旅館、ただし、バリアフリー対応ができてると言える宿にしたいのです。その前に、お父様たちの賛成が得られればの話ですから。

　何事も、行動しなくては前にすすめませんもの、どうでしょう」

「考えてみるよ」

　恵利は、障害者となった自分のために、信一が、仕事の合い間をみて、自宅をバリアフリーに新築するのに収集した資料が、今回、具体化のおりには、これらを活用できれば、うれしいとつけ加えた。

　信一、恵利の連夜の話し合いで、頭の中に、少しずつ一つの形ができてきた。

　信吾・節子の同意を得るためにも信一は、バリアフリーをとり入れた宿として再出発したいという、恵利の意思をしっかり受けとめ、自らの決意の揺れをきっぱり止めることをここに宣言した。

「決めた！　きっちり決断したぞ！」

　一学期終了後、夏休み中、一家は信一の実家で過ごすため、彼運転の車にのりこんだ。

翌日から信一は、旅館組合の定期会合に代理出席、業者との交渉など宿の手伝いをしながらも、夜になると四人で少しずつ本題に入った。節子は信吾が倒れた日から、旅館を畳むことも充分視野に入れていた。

ここにきて、連夜の話し合いで、ようやく信一が継ぎ、新しく建て替えることまで話が進んだ。けれどもバリアフリー宿という話に移ると、二人の口数が滞った。彼らには宿の像をどうとらえたらよいか、特に節子が強い戸惑いを示した。

しかしながら、信一は、当館の長期的展望を考えると、つい、口を衝いた。

「これからの宿は、今までと何かは違わないとな」自分にいいきかせつつも彼らに、一方的な押しつけにならないよう、これ以上のことは、序々に反応を見て、話しあうこととした。

信吾、節子のように、すでに立派な一本の道を歩いてきて、先細っていく人生に足を踏み入れた人達の気持ちを、引き上げ、新しいことに挑戦する気力にさせることは、容易ではなかった。

彼らは、はじめのうち、信一の言葉の端端をとらえて、〝それはもう体力がなー〟〝今、この歳からは無理よー〟〝今なら畳むことに悔いはない〟など、悲観、打消し、後もどりともとれる言葉が、連なった。しばし、この調子で終了かと思われた。

信一の休暇も、半分を残すのみとなった。

話を前にすすめるには、恵利の出番が必要であった。彼女は極力、口を挟むことを控えていた。しかし、耳を欹《そばだ》てていると、『バリアフリー』が、何度も出て、彼らの衣服の裾を踏み、先を阻んでいることがわかった。

昨今は、コロナ禍拡大で、旅行控えがありいろいろ影響が出ている。信吾が言うように、宿を畳む方が、正解かもしれない。

しかし、信一や恵利はそうではなく、快や真由の将来も見据えた計画と、とらえていた。

病気、事故による怪我、高齢化などで、バリアフリーを必要とする、恵利が身をもって、大禍を背負ったことで、証明になっていることを説いた。ついに、信吾の一声、「かあさん！　信一や恵利さんに添ってみよう！」

「そうですね。やりもせずワーワー言っていてもね、やってみませんとね！　コロナもワクチンが、行き渡れば、かなり封じ込めるでしょうから」

二人の顔に光が戻った、いや四人のというべきだろう。

一気に具体的なことが加速した。

信吾、節子も方向性が決まり、重石《おもし》がとれたことで、食器、寝具、調度品、座布団の傷み具合いなど、新古の取捨選択に着手した。

信一らは、週末、旅館への往来を課し、障害者にも気分よく宿泊してもらうことを考えた。

スタッフとも、そのことを浸透させるには、どう具体化できるかの話し合いを持った。

障害者もいろいろで、目、耳、手足から全身、寝たきりなど多岐にわたる。実際その方々をすべて満足させることは、簡単ではない。

それでも信一が心掛けていることは、それはできませんと、その場で即答するのではなく、〝できるだけ努力してみます〟と前向きの対応を、銘じた。

世間では、障害者を特殊な目でみる風潮が令和になってもまだ残存している。それもかつて、恵利も、鉄道の職員が、障害者を乗降させたあと、ため息をついていたのを垣間見た折り、心にもバリアフリーが、あったらなと感じたのが、甦った。彼等が、目的地に辿りつく道中で、物や心のバリアにさらされているのが、実情であった。

事故、病気、加齢は、何人も明日は我が身。特に加齢による障害は、いやおうなく降り掛かり、避けられない。

信一や恵利は、信吾、節子の前向きな気持ちを、今すぐ一髪も置くことなく、専門家と話し合う姿勢に移った。

そして、ふれあいプラザ、バリアフリー住宅展示場、老人介護施設訪問など、寸暇をおしむことなく回り、時には、快や真由、信吾や節子らも、実体験に加わった。

「父さま。トイレの入口は、思っている以上に、車いすの出し入れ回転をしてみると、ずいぶん幅をとりますね！」

「手すりは二本ずつ要るなー。同じ障害者でも、年寄りと若者だあー座高に差があるだあなー」

「そうなんですよね」恵利は、実体験の大切さが、旅館の中でいかされることを願った。

節子も、うなずきながら、「洗面所は、両手が前に出せる平行棒の取り付けが安心ですね」と、公共施設で利用した時の安全性を語った。

信一が、それらの聞き役をし、時にノートに、書き込んだ。

「体験は楽しいなー、かあさん!!」信吾が病後あまりみせなかった笑顔に、明るさと、輝きが加わったので、周りは、安堵した。

節子も、「本当に楽しい、こんなに楽しいなんて!!　今までバリアフリーを面倒と思っていたなんて失礼よね、むずかしく考えていましたよ。今までやっていた旅館での、おもてなしに、何の違いもありませんのにねえー。恵利さん！　気が楽になりました」

恵利は、この人達を家族でよかったと、心の底に、信頼という太い心棒をうめた。いろいろな心棒が、これから先、増加し、絆《きずな》となるのだと、日々精進を誓った。

特に信一は、傍らで、彼らのやりとりから、健常者には実感できにくい、生の声をメモに取っていた。

普段でも事故が起こりやすい、浴室、湯治場、廊下などは、障害者だけではなく、宿泊者全般を念頭に、安心安全をしきつめる方策を模索した。

例えば、床はすべりにくいラバー状、長廊下は、階段のスペースを少なくして、スロープにし、両側に手すりを取り付けるとした。

又、トイレは出入口、手すりなど、毎日必ず使用する大切な場所である。障害者が介助無しあるいは、最小限で済み、彼らに不快感を与えない工夫は早急だ。車いす操作は、ほんの一、二センチの段差であっても、健常者が普通に乗り越えられる動作も、車輪では困難である。次から次へと、浮かんでは、沈みをくりかえし、まとめるには、膨大な準備でのぞまなくてはならない。信一は、旅館業一本に集中することを、決意した。

春の訪れが待ちこがれる三月の半ば、玄関先の沈丁花が浅く香り、シロツメグサ、ゲンゲ、野コスモスなど、ブルー、ピンク、イエローが門につづく道の両側を、這うように彩りをみせている。

恵利は、植物好きな両親の手が加わった庭を見渡し、今までの癒しに感謝した。ここを継いでくれるのが、〝後はおまかせあれ〟と、引き受けてくれた、妹一家である。

それが伝わったからか、何の世話もしなかった主の交代で、花々も心なしかほほえんでいるようだ。

一家は、終《つい》のすみ家を、太平洋側から、日本海側に移した。

信一は、決意通り、三月でもって、天職だと思っていた教職を辞した。

両親を説得したからには、準備段階から、きっちり本腰を入れた。

また、決心を揺らした、快や真由も、恵利とすごせることもあってか、思いを口にした。

「母さんも一緒なら、海のじいじ、ばあばのところへ行ってもいいいよ——」

「私もいいよ?? 丘のじいじ、ばあばは行かないの?」

丘の、じいじ、ばあばとは、市街の兵陵地にいる恒夫・美子のことである。

「丘のじいじ、ばあばは、ここに、お家があるからね。海の方に新しく建てて、遊びにきてもらおうね」

二人とも少し淋し気であったが、次第に、〝遊びにきてもらおう〟の言葉が魔法のように、いつもの明るい子どもにもどった。

「早く建てようよ！」「早くね――」

秋ごろから、転校の準備をして、三月をもって一区切りとして、四月から引越し先の、地元の学校に、通学できるようにした。

恵利は、子ども達の転校手続きを、信一にまかせ、車いすでの接客になるから、スムーズに駆使できるよう、速度をちょっぴり加え安全を含めた操作に専念した。また、節子から、女将としての心構えを、見聞きして学ぶことで、少しずつ決意をかためてきた。

こちらに移り住んでから半年経った。

仮住まいにもなじんできた。

節子は、今日も「恵利さん！　お茶にしましょう！」かたづけなど雑務の手を止めて呼びかけた。信吾も信一も地域のつきあい、建築現場へと出かけ、留守が多くなっていた。

食器置場で、点検整理していた恵利が、応えるが早いか、車いすを発車させた。節子が、抹茶と干菓子を手早く、長机の上に用意したのと、同時くらいに、車いすの留めた音を合図に、口火を切った。

「あのね恵利さん！」節子は、友人が湯治に行った、温泉旅館でのことを話し始めた。

転倒して、ひざと腰を痛めていたから、バリアフリー対応と書かれた、パンフレットにひかれて行ったそうよ。

山裾の風光明媚の良さは、宣伝通りだったけれど、納得できないことがあったそうよ。それはね。入湯するまでの通路の狭さ、長すぎるスロープに手すりが一本あった。

片側だけだったから案の定、ぬめりに足をとられ、思わず手が離れ、痛めていた膝を地に打ちつけてしまい、立てず、息子さんに背負われて、病院行きになったそうよ。

無論、先に一人で行ったり、バリアフリーの言葉に乗っかった軽率さなど、自分に非があることを認めながらも、湯治に来て早々と病院行きに。嘆いていたわよ。

「私達の旅館が、バリアフリーに対応ときいて、あえて、この話をしてくれたことを、友人からの貴重な忠告として、心に刻み、安心安全を心掛けましょうね」〝節ちゃん待っているからね〟と、目を輝かせて発したことを裏切れませんよ。節子はあらためて、

「ほんとう！　力尽くしましょうね」

「勿論です。微力ですが、勉強して、ご期待にそいたいです」

二年半余を要したバリアフリー対応宿が、日本海を見晴らす小高い丘にできあがった。

五階建ての外観は、白とブラウンの色目《いろめ》を基調に、群青色《いろ》で縁取って、周囲の樹木の緑と相まって遠目にも映えた。

縁取りにしたのは、雪多き地域のため、建物の存在を示すためもあった。

元々あった樹木は、最少限の伐採でおさまった。聞き馴れた野鳥の囀りも、耳に届いている。

見上げると、枝の端っこに陣どっている〝ジロー〟（※）が、歩けチッチチ歩けチッチチとリズムを取るように鳴くので、信吾は次第に杖を地から離してしまっていた。（※ここの主のような小鳥で、信吾になついているメジロ）

今では、杖無しで、足が地に吸着しているかのように、しっかり踏みしめられていた。

彼の将棋仲間、公平もスロープの坂を同じく、杖無しで歩いてきたそうだ。自然からの後押しが、いつのまにか体をうまく物事に馴染ませてくれていたのだ。

一方、節子が気にかけていた、食事、スタッフについても、旧旅館で働いてもらっていた、板前さん、新しくその息子さん、仲居さんらの申し出があったから、深い感謝の心で、任せられた。ここまで難なく漕ぎつけた。

これも、信吾、節子らの地域に根づいた貢献に、周辺の人達が、スタッフとなって再生旅館を守りたてたい気運に、高まっていた。

信一、恵利に、その地域力を受けつぎながら、新生旅館として出発する音頭は、まかされた。

建築、福祉の専門家との話し合いには、工程に入る前段階に多くの時間を費した。例えば、バリアフリーが、ことさら前面に出すぎる設計士と、信一や節子が、恵利の車いす操作姿、信吾の杖姿を見ていた過程からや、健常者の立場で折りあいをつけながらも、ギリギリのところで鍔迫り合いを演じた。

建物は、一部であれ手直しをすると、バランスを欠くことになりかねないからだ。

　また、海に面した小高い丘は、津浪や、いたましい熱海の土石流のような災害が、想定される。この宿の再生を考えた時、〝今ある丘《おか》〟〝新地の陸《おか》〟の、どちらにするか、子どもたちの通学も含め、四人の頭に迷いが生じたのも、それであった。土台からの堅固な、宿建築が確約済もあり、早早と、快や真由ともに、海を見おろせる方がいいと、信一らも、以前から見慣れた望見〝今ある丘〟に、旗を挙げた。

　一方、設計士の木田さんは、湯治場と宿泊を、別棟にして渡り廊下つなぎを提案した。

　信一らは、全館一つの空間と考えていたから、その中で、バリアフリー、人間のふれあい、いわゆる北欧で提唱、発展した、ノーマライゼーション（※）に賛同した形を、力説した。

　※ノーマライゼーション（ノーマリゼーション）：高齢者、障害者など弱者も含めすべての人が暮らす社会。

　恵利は、地階にミニシアター、ミニサロンなどとともに、できる限り太陽光が届く造作《ぞうさく》を主張した。これには訳があった。

　事故に遭うまでは、無類の文芸・芸術好きで、家事が二の次……五の次になっても、快・真由・信一らは、好きな事に触れていることからくる、〝明るく元気、前向きな母さん〟が、大好きであった。時には、手助けをし、出来合いの惣菜になっても、応援していた。

それが、病院とはいえ、母親の寝姿は、太陽から遠い、木陰の置き石であった。あの生き生きとした母がまるで、萎んだ風船のままベッドに横たわることが、快らには耐えられなかった。当人が最も、あがき、苦しんでいただろう。

事故による長い入院で、今まで普通にできていたことが、全くできない。コンサート、図書館通い、歌舞伎、演劇、趣味の教室通い……など、誰かの手足を煩わせねばならない。自由放縦さの報いで、生きる楽しみを奪われたとしか考えられず、絶望感に包まれたままでいた。長く暗いトンネルを、なかなか抜けられない、その矢先二本目の、今回は、一条の光に突如、線となり膨らみ、包まれた。

自分では「何もできない」から、少しでも、同じハンディを持つ人とも分かち合う空間づくりに、参画できる光を掴んだのだ。それも芸術の方から歩みよってくれる、こんな贅沢が許されるのかと、感情の高ぶりが弾けた。

一方、専門家から、地下空間は計画を立てた活用を考えないと、空部屋化、物置化しやすい、と助言があった。恵利は、多くの建物に関わった彼らの言葉は貴重で、心に留め、計画を立てることを誓った。一つは、ミニ映画館と、ミニカフェを常設することにした。

その他、企画の中で追い追い地域とのつながりをはじめ、芸術を引き付けようと考えた。

新館になり、思いがけず地元のF学院高校から、土曜日の喫茶サービスの手伝いをさせたい旨の申し出があった。学生の力は大歓迎だ。

ロビーにて、地元の老若男女の方々にもコーヒー、紅茶、煎茶に、クッキー、干《ひ》菓《が》子《し》を添えての喫茶サービスである。快や真由もお運びさんとして、好きな抹茶を点《た》ててもらえるご褒美もあり手伝っている。

恵利は、宿が観光地とパートナーシップを築くことで、一期一会からリピーターや宿泊客数を、増やせられるか、当館の目玉ハンディを負っている方々にも、それを強く心掛けている。蓋《けだ》し、この地に来て肌を刺したのが、風光明媚だが、冬の寒さ、特に降雪である。

それを泣き所といわれないよう、ひきつける魅力を、発信できないかであった。

彼女は、自分が図らずも車いす生活になったことを、前向きにとらえ、人間らしいあたり前の生き方ができるきっかけに、一役買いたいと、どんな情況にも対応する心構えである。そうでなければ、バリアフリー宿へも、二の足を踏むであろうし、日本海側の冬の厳しい地を選択するよりも、気候の安定する、太平洋側を選びやすいことは、明らかである。

「恵利さん疲れない？」「助けていただくばかりですが、楽しんでいます」「よかった、けっこうスロープが多く、車いすの操作大変よね。無理は、しないでね」

「お父様も大番頭として、車いすを押し、寄り合いにも出られすっかり元にもどられて」

「自分の杖を、置き忘れたと言うほどの回復ね。人間て、自分が必要とされていることを感じると、元気になるものなのねー」

「回復も、本物ですね」

「そうそう、今朝も、快くんも真由ちゃんも、玄関からスロープにかけて、源さんといっしょに、掃除をよろこんで手伝っていたわね、自発的で、ありがたいことよ、ね」

「二人とも、空気の読みがするどく、よい子になりすぎてませんか。無理していないと言っていますが……」

「あの笑顔、元気さは、心からやっているからだね」

「そう信じます」

嫁姑ではなく、働くもの同志の会話が、続いていた。

オープンから一年経過。

ほとんどの企画を見直すことなく、コロナ禍の感染拡大防止に、ビニールカーテン越しで、もどかしいが細心の注意を払って、スローではあるが、順調にウエルカムサービスも定着し、地域との交流も活発になった。但《ただ》し、こんな時こそ、浮き足立った接客は厳禁とし、各自、気付いた事があれば、その日に話し合うとした。

この宿の泊まり客が途切れることのない理由は、口コミが大きい。それらを列挙すると。

榎《えのき》さんから、一泊すると二泊したくなる、スタッフの気遣い。それは、寝間着二十枚くらいから選択できること。たった一晩なのに、ありきたりの貫頭衣のような、いかにも寝巻、ではなく、好みにあわせることに感心した。

グルメと湯治を楽しんだ古池《こいけ》さんから、節々の痛みが消えたことへの礼状。次は二泊に。

カニを食べたいの一心で、舌鼓を打ち、温泉を満喫した、松川さん。常連客になりつつあるお客様である。

彼から紹介された弟家族もカニの顧客だ。

又、松川さんの紹介で、高齢の母親に、思いっきり温泉を堪能させ、自身は、好きな釣りを楽しんだ、川島さんからの手紙。

山室さんから、十歳まで膝が曲がらず、車いすの利用もなかった、十五歳の長男、喜吉《きよし》君が、一人で車いすを操作し、電車を乗り継《つ》ぎ、一泊し無事帰宅したことの礼状。

喜吉君本人からも、海辺で足を浸し、沈む夕陽の美しい地平線を凝視していたら、長く苦しいリハビリの日々が蘇りながらも、気が静まり、次第に癒され、生きてきてよかった、勇気が出せたとのメールが届いた。また一人で来たいと結んであった。

目黒さんからは、宿での車いすが選択でき乗りごこちよくて、感心した。それと、宿を出発の時、自身の車がピカピカに整備されているのに気づき、快くんに感謝の念を深くしたというＦＡＸがあった。

何げない快の心遣いが、こんな形で評価されていたのだ、励みになるであろう。

視覚障害の大野さんから、一人で訪れたいので、点字メニューの用意があると助かることを、音声メモにされて届いた。追伸として白杖の使い方に慣れたが、今度来館の折りは、盲導犬を、お伴にする旨が添えられていた。

竹田さんからこの旅館で将来の方向性を見つけた、来てよかった、という言葉を受けた。

彼は、少し前の恵利に重なる。中学三年の秋、青春の入り口で、自動車事故に遭い、ベッドの上で待っていたのは、高校受験がどうのこうのと言える身体ではない、姿であった。辛うじて息をしているにすぎなかった。

周囲も、生きてくれれば他のことは望まないという、いたわり方であった。それが、彼にとっては、体の可動範囲が固定されてくると、心が承知できなく、苛立ちなどで神経が過敏になっていた。自暴自棄になりかけた時、与えてくれたパソコンで、この宿を知った。

恵利は、彼に、自分の経験を話すことで、心に生じるもやもや、鬱屈の収《おさ》めどころを、彼なりの感性で受けてくる姿勢に、深く心打たれた。信一のアイディアであるが、多目的室に大きな地球儀があり、指差しすると、スクリーンに、指された国の特徴が映される。

外国に触れることは、皆無。ましてや、世界遺産と国を結んだ、文化・自然・複合遺産があり、今も進展していることで、知りたいという意欲を刺激されたそうだ。

今、十九の通信高校一年生。好きな歴史と古典に、地理が加わり、四年後、五年後の大学進学に、どの分野を主にしようか、選択しきれないが、竹田さん曰《いわ》く、この宿で、将来の方向性が、しっかり身にまとわりついたことが大きいそうだ。唯《ただ》、彼が一つ気にしていたのは、同級生の卒業と、入れ違いに高校入学したことが、情け無く忸怩たるものがある。

信一は〝何を恥じることがあるの、むしろどん底状態からの脱出、ベッドから車いす、高い山を越えた勇気、苦難、忍耐の繰り返し、金メダルに値するよ。血と涙の金はAu、君《きみ》の内側に（英雄）心を刻んだんだよ。胸を張って、青春謳歌してほしいね〟

「この宿で実施の車いすフォークダンス、手話コーラスにも興味が湧きました、生きることに恋した気分です、ありがとうございました」

今までの反動のように、目を輝かせて話す青年に、これからも、幸あれ！　と心から応援を送った。

これらの貴重な意見、便りを、両手いっぱいに抱え、うれしさで感涙にむせぶ恵利の姿が、スタッフ会議にあった。

信一は、ありがたい言葉に驕らず、苦言、注文は、良薬であり、足を地につけて互いに努力しようでしめくくった。

恵利は、まだ、先生口調が抜けてないなと、忍び笑いした。

この宿の仕事着は、節子をはじめ、恵利を主にした、女性スタッフ全員、統一したデザイン、上下分離した和服で、下衣（腰から下）にモンペ式を採用している。安全、敏速を考えてのことだ。

男性スタッフは、法被《はっぴ》、作務衣《さむえ》、作業に合わせた仕事着など、縁の下の力持ち的位置を占めるので、全く取り決めず、各自に任せてやっている。

恵利は、節子の導きにより、少しずつ進めている。

信一は、頭を下げられる立場から、卒先して、下げることの多い日常になり、とまどいや、先生口調を出さない物言いで、気をひきしめて、事に当たっている。

こんな時、信吾も同じ転身組なので、忍耐強く見守ってくれている。一つ加えると、信一は、少し前から、ＩＴ分野に強い特技を生かし、ＨＰを立ち上げ、より広い対応をしている。

「今日岬の方へ五人お願いします」とフロントに依頼があった。ケラー号指名。

宿では、車いすごと乗り入れられるワゴン車〝ヘレン号〟、団体用マイクロバス〝ケラー号〟が備えられ、用途に応じて活用する。

信一や恵利の宝物、中学生になった快、小四の真由も、前にも増して、多大なる貢献をしていることを、披露し、忘れてはならないところであった。

真由は、ある日、軽い知的障害のある、近くの牧場主の娘、一つ下の咲《さき》ちゃんの手を包みこむようにして、宿で飼っているうさぎに、スティックにんじんを与える手助けをしていた。

咲ちゃんは、初めて友人となった、記憶力抜群で、リカちゃん人形のように、可愛らしい、背の高い女子である。

この宿に、乳製品を納品がてら、肉類、新鮮な野菜・果物の注文品を届けてくれる時、咲ちゃんも同乗してくるので、すっかりうちとけて、うさぎに餌を与えたり、読書やぬり絵、手芸など、時には、宿題、自由勉強ですごすのが日課になっていた。

快は、車いすの整備と、朝夕の掃除である。

車いすの整備は、幼児期から、恵利の足なので、すぐに使えるように小学高学年からは、自転車屋さんの指導もあり、今では、お手のものである。

宿にある八台を、いつ使用のおよびがかかってよいように整備するのも彼である。

もちろん恵利の専用車は、まっ先に車軸の油注《さ》し、カバー他の除菌をし、恵利が若女将として、縦横無尽に動けるよう、入念に整備を怠らなかった。

快も真由も、五時には起きて、学校へ行くまでの間、もう疾《と》っくに起床している源さんとともに、路上の石ころ、落葉拾いをする。

段差や、雨上がりなど、車輪の支障を除くことは特に、気配りした。

恵利はふと、快の現況をみて、ひそかによぎるものがあった。生えぬきの四代目候補！　そうあればいいくらいでとどめよう。

春の海　終日《ひねもす》

のたり　のたりかな

与謝蕪村《よさぶそん》

信一と恵利の散歩する姿が、早朝、浜辺にあった。

朝日がゆっくり水平線を、潜《くぐ》るように昇りかけると、海っ面をなでさするような浪が、その光をとらえた。

彼らは、海の匂い、波の音に、この地に骨を埋めようと決めた日から、時間をみつけては、地平線に祈り、海からの風にも活力を与えられた。言いようのない癒しを覚える二人であった。恵利の車いすは、遠く立山を背景に、海からの英気と信一に背を押されて、丘をのぼる車軸も軽やかであった。

立山の　雪し消《け》らしも　延槻《はいつき》の
川の渡瀬《わたりぜ》　鐙《あぶみ》浸《つ》かすも

大伴家持《おおとものやかもち》（万葉集巻十七　四〇二四）

いらっしゃいませ

ありがとうございました

またのお越しを心よりお待ち申し上げております

明るい笑顔の若女将、恵利の声が、今日も、ひねもす、日本海に響いた。

自転車

「奥さん、この自転車どうしましょうか」

それは、十二年前に亡くなった義父、広武《ひろむ》の愛用していた自転車のことであった。

突然の死から十年以上経っても、彼の所有物に触れられないまま置かれている一つだ。

毎年、新年を迎える前に頭をよぎるのも、その自転車の存在だ。

しかし、日常生活を邪魔するものではなかったし、むしろ、家具の一つと思ってきた。

さすがに、十年以上ひっそりと忘れられたようになると、彼の相棒となっていたころの輝きは、すっかり失っていた。それでも、壁に寄りかかりもせず健気《けなげ》に立ち尽くしている。

冬子《とうこ》は、大工さんの声で、広武が丹精して育てている盆栽の世話をひきついで、枝を整えていた手を止めた。あらためて玄関口に立つと、すっかり古びてしまったが、懐かしさをまとったそれが、元気なく佇んでいる姿が目に入った。若草色が所々残っているものの、タイヤの空気も完全に抜け、錆び付きが全体をオレンジ色に塗り上げているようだ。

これをみる限り、自転車としての用は、少々の修理では果たせない、痛ましい姿で母屋の玄関の一角を占めている。

思い起こすと、広武が、一日一回以上、散歩や買物の折、彼の杖とも柱とも頼み、足腰の衰えを補う足となって、近所を乗りまわしていたものだ。

〝今日、お宅のお父様Dスーパーでみかけましたよ〟〝角の八百屋さんで、白菜やネギを前カゴに入れていましたよ〟〝商店街の魚屋さんでタラや皮ハギ……〟出先で会う近所の人から、彼の動向が彼女の耳に入った。

冬子は少々困惑していた。

彼にすれば、散歩の延長で、店の前を通れば少しは夕食の足しにと、軽い気持ちであろう。しかし、森家としては、食卓に並ぶ献立を屋外で披露しているようで、内心忸怩《じくじ》たるものがあった。

それでも彼女は、広武の外出好きを制することはしなかった。

自転車に纏《まつ》わるといえば、一度、歩行者を避け損ねて電柱に軽く接触したことがあった。

ハンドルに、一リットルの牛乳パック、卵をぶらさげていて、バランスを崩したのだ。

幸い、パック入りの卵がクッションになって、ハンドルの歪みだけで済んだ。

日頃から、冬子の夫、広一《こういち》が「八十五歳という年齢を考えよ」「雨の日は乗るな」と、子どもに対するように強く何度も忠告していた。しかも、その二、三日前に、

「重い荷物をハンドルにかけるなよ」と、予感めいた言葉があったばかりだ。広武のいつもの「わかった、わかった」の返答は、悪く言えば、聞き流して気にとめなかったのだろうか。

このことで、危険はどんな場面でもあることを、身をもって悟ったであろう。次の日、広武は、朝食を軽く摂り、盆栽の枝を整え始めた。冬子が廊下から庭先をそっと覗いた。

彼の、背をひどく丸めた後ろ姿から、自らを懲らしめているような気持ちが、伝わってきた。

冬子は昼食に、姑の得意料理で、彼の大好物〝にんじん、木耳《きくらげ》、いんげん、椎茸、帆立の炊き込み御飯〟〝アオサの掻き玉汁〟〝タコの酢の物〟を食卓に供した。冬子の次男がそれらを称して、『じいたん用慰め料理』と命名していた。広武は元《もと》の、背すじをピンとさせた正座姿で、滅多にない二膳目を完食。

「冬子さん、自転車修理に行ってくる」午後自分の身代わりとなった、自転車を曳いて出掛けた。往きはなかったリュックサックに、やっぱり、牛肉を入れ、背負って軽やかにご帰還だ。夕食は、すき焼き、ご所望だな。

それかあらぬか、以来大きな事故はもちろん怪我もなかった。

冬子は彼に、自転車に関する心配事から遠ざかったと少し気を許していた。

ある時、彼女は、広武が玄関の伝言板に〝商店街へ三十分くらい散歩に出る〟と書きおいたのを目に留めた。

二時間経っても帰宅する気配がなかった。

彼女は、事故でなければよいがと、気にかかった。

彼の行き慣れた商店街は、自転車で五分くらいのところにある。しかも、何かがあれば放っておくことのない土地柄である。

それにしても今までにない遅さであった。

彼女が痺れを切らし、迎えに出ようとしたとき、意気揚々とした姿が見えた。

彼女に近付くなり「オー」と片手を挙げた。

ふとみると、ハンドルに小さな包みをさげていた。

彼女が〝また、もーっ〟と思った瞬間「冬子さん、土産だー、黒糖カステラ付《つき》栗羊羹買ったよ」彼の弾んだ声に迂闊《うかつ》にも好物を差し出され、おかえり、ありがとうの言葉よりも先に、目尻を下げて迎えてしまった冬子であった。

広武が言うには、いつもの自転車の手入れの間、修理屋の斜《はす》むかいの、和菓子屋の奥さんの一声《ひとこえ》「森さん、新茶が入りました、一服どうですか」で、座敷奥に、五、六人の先客の中に招き入れられ、話がはずんでつい長居してしまったとのこと。

この商店街も、ご多分にもれず、二代目、三代目の店主が多くなり、シャッター降下店も目に触れ、昔の賑わいが失われていた。

それでも、当時からの知り合いもいる。広武を心待ちする人から、今回のように何かがあると声がかかる。応じることも度々あって楽しんでいたようだ。

商店街は少し離れているが、自転車道も整備され、人情味も厚く、彼を安心安全で包んでくれる砦であったのだ。

以後、彼の前で心配から出る小言《こごと》は秘めることにした。

冬子が気付くと、広一をはじめ、家族がくどくど注意することをやめてから、広武に変化があらわれた。それはいつのまにか、自戒力が高まり、走ることを心から楽しんでいるということだった。

生まるれば　遂《つひ》にも　死ぬるものにあれば
この世なる間《ま》は　楽しくをあらな

大伴旅人《おおとものたびと》（万葉集巻三　三四九）

旅人さんは、酒を人生の友として楽しんだ。

広武は〝自転車〟を足にして、人生の終末まで目いっぱい全身で多くの人と触れあうことで、楽しみを享受してきた。

旅人さんも広武も、妻との死別の悲しみが心底《しんそこ》あればこそ、何かを楽しみにしたいと思う心情は、万葉人《まんようびと》も現代人も同じであろう。

広武は、肺炎で亡くなる一週間前まで、背すじをすっと伸ばして、明治生まれの凛とした生き方をみせていた。

冬子には、元気であれば、いつも初夏の風を受けて、家族の意を体して、さっそうと乗り廻している勇姿が目に浮かんできた。

近づく十三回忌の準備の一つで、だだっ広いだけの老朽した母屋の改装の最初は玄関だ。

どうするかを返答しなくてはならない。

この自転車は、広武に楽しみを与えてくれたパートナーだ。乗り手を失《な》くしたからといって邪険にすることはできない。

彼が二十年近く、一日一回は手入れを怠らず、ハンドルを放さなかったことを考えると、森家総意として、粗大ゴミ化はできない。

「お邪魔とは思いますが、三和土《たたき》の隅の方へひとまず寄せておいて下さい」

いつまでも来ぬ主を少しおめかしされて、待っている。

夏の夜の六十分ドラマ

シュシュパチパチ。「エッ火事、火事なの？」

煙が、ここ二階に上がってきた。今夜はなぜか、昼間読みそびれた本を読み耽《ふけ》るうちに、気づくと深夜十二時すこし前。家事従事人である洋子は、十二時までには、何をやっていても、切《た》り上げる習慣をつけていたのだ。

寝ようと、長く垂らしたひもスイッチを引こうとした。その時であった。連夜、この地区は、放火発生があり、消防団の日曜巡回があったばかりである。隣はパチンコ店、深夜は駐車場に車もない広場のはずであった。

窓に寄ると、真綿《まわた》をひろげたような煙が次次《つぎつぎ》に重なり、時折、火がパチパチ爆《は》ぜるのが透《す》けた。「花火、花火だっ」

金髪にした上半身裸の高校生らしき若者の顔が照らし出された。

何かこれから、破乱を含んだドラマが開演される予感がした。

彼らは、次第に興が乗り、声高《こわだか》お道化《どけ》りとなり、まもなく煙幕の中へ声のみ残し消えた。

洋子は、火の始末さえしてくれれば、長い夏休みということもあり、若者の気晴らしに少し破目を外すくらい大目にみようとした。

しかし、事は終わるどころか、うんかのごとく煙と火薬の臭いが、激しくなってきた。

光に照らし出される逆立つ金髪が、遠目には、オスライオンにうつり、彼らの猛りを表徴していた。

この広場と向かいあう、マンションの住民も眠気を削がれたらしい。網戸を開ける音、身をのり出している窓があり、今にも騒ぎになろうとしていた。

洋子も下からの煙、喚声に黙っていられないと感じた。しかし、降りていって彼らの前で声を荒げる勇気は出なかった。

また、深夜ということもあり、髪を染めた若者が複数、半裸の中で、親顔をして、話すことがたとえできたとしても、素直に聞くとは、思えない光景であった。

110番に連絡も考えたが、すっかり観客の一人になっていた。

嬉々とした姿・奇声で別世界に浸る彼らの暗転なきドラマは、佳境を迎えていた。

そこへ、音もなくパトカー三台。

パチンコ店の正面入口に止まり、警察官が降りてきた。

建物の右左に分け入り、奥の広場の彼らを挟み込んだ。洋子の耳許に届かなかったが、彼らの穏やかな声で、事は、進行していた。

煙霞の中、あの喚声は確実に止んだのだ。

ほどなく、若者らは、乗ってきたオートバイクに分乗して、この場を去った。パトカーはまだいた。洋子は、このままではまずいと思い、箒と水入りバケツを持ち、玄関の鍵をあけ、出ようとした時、再びバイクの音がした。二階に駆け上がり眼下をみると、火薬の臭いは残っていたが、煙も薄まり、彼らの様子がうかがえた。

先ほどの若者が、手に棒らしきものを持っていた。洋子は胸が騒いだ。あれで収まったのではなかったのか。これでは乱闘になるのではないか。緊張が走った。けれども、目を凝らしてよくみると棒ではなく、竹箒《たけぼうき》であった。

服装も改まり、Tシャツ、ランニングシャツを着け、頭髪を布で包み、きびきびとあと始末を始めた。

竹箒で、アスファルトをこする音、「ザーザー」が、洋子の耳には、お騒がせしてごめんなさいに、聞こえてきた。

彼らは、バケツ、ゴミ袋も用意し、始末を終えた。その直後、頭の布を手に持ち、一礼どころか、二礼三礼頭を垂れ続けた。

あるだけの力を出しきった役者のフィナーレのようにうつった。

洋子は、冷静になれば、礼儀を知る普通の子らであることに安堵した。

すべて終えると、パトカー、バイクが互いに東西へ去り、元の寝苦しい夜に戻った。

諭《さと》す勇気が出なかった彼女の勝手な物言いではあるが、警察官の人間性が、悪を取り締まる任務に先行した結果、若者らの生来の善を引き出したと考える。

彼らは、頭ごなしに怒なりつけられるよりも、逸《はや》り気《き》に、一服の清涼剤となった言葉をかけられたから、素直な態度になれたのだ。

彼女が聞きとれなかった中に、大切な言葉が確実にあったのだろう。

それとも、制止してくれない周囲の大人に猛り立っていたのかもしれない。

野外劇は、午前一時で幕となった。

銀《しろがね》も金《くがね》も玉も　何せむに
勝《まさ》れる宝　子に及《し》かめやも

山上憶良《やまのうえのおくら》（万葉集巻五　八〇三）

行間からのチンギス魂

『はっけよい　のこった　のこった』甲高《かん》い、大きい、太い、場内に力強い声が、様様な行司の口から発生されると、土俵上の双方の闘争心を駆り立てる。まじないのような言葉だ。

大相撲は、制限時間になり、しゃがんだ腰を上げて、行司の軍配がかえると、相対する力士との闘いだ。一瞬が勝負である。

草子《そうこ》は、小学四年ごろからであったろうか。

父、信《しん》の並並ならぬ相撲嗜好に合わせるうちに、すっかりファンになってしまった。互いの贔屓《ひいき》力士は異なるが、佳境に入ると応援が嵩じて、今と違い、足付きブラウン管テレビなので、倒さんばかりに観戦したものだ。

あれから、五十年以上経つと、青い眼茶髪など力士達も様変わりした。髷《まげ》、所作は変わりないが、外国人力士、それもモンゴル出身者が大活躍だ。二横綱はモンゴル人、草子としては、日本人力士の後退が歯痒い思いだ。

モンゴル人＝チンギス・ハンを遠い祖先に持つから力強いはずだ。彼女の心に、日本の国技なのにと若干の淋しさはあるが、今は、素手での戦いの勝利者が上位にいるのは、あたり前で、充分納得しているし、むしろ、異国の特殊な文化にとけこんだ勇姿に、敬意を称している。

ある日、草子は、いつものテレビ画面ではなく、生身のモンゴル出身の力士達に遭う機会があった。奇《く》しくも、ある力士の顔を一目見るなり、頭巾をかぶれば、あの世界史教科書中にあるチンギス・ハンの肖像画と思《おぼ》しき、あの姿にそっくりであった。また蒼き狼に似た、清《すが》しく強い眼光を放つ力士もいた。

彼女は何か急に、モンゴル力士の全身から出るオーラから、英傑で偉大な先人に触れてみたい衝動にかられた。

チンギス・ハンと言えば、モンゴル帝国の創建者として有名だ。しかし彼は、出生年や公式な肖像画が不明で、教科書中のそれは、本人のものではないかもしれないとは。モンゴル文字、画など、記録する術《すべ》がまだない文化未開な地、草原での出生なので、これは仕方のないことであろう。

一二〇六年、辛苦をなめ、苦難の末、周囲の遊牧集団の統合に成功し、オノン河上流で、クリルタイ（部族長会議）の席上で選出され即位した。『チンギス汗（ハン・カン）』誕生であった。

幼名テムジンを経て、チンギス・ハンとして、モンゴル帝国を支配し、その途上一二二七年に没した。

どんな過去があったか、没するまでを顧みてみたいと、草子の心にふと過ぎった。

草子は、彼の出生年を一一六五年と考えてみた。父を早くに失って以来、数えると五十年余、遊牧民族を次次に配下に置き、中央アジアはもとより、インド、中国、ロシアなど、ユーラシアを大遠征し、その間、交通・産業文化の発展に功績があった。孫クビライ・ハンが、「元」とした時に完成した。

東西文化の交流、駅伝制（ジャムチ）、紙幣（交鈔《こうしょう》）の流通、モンゴル文字の公用化の大本《おおもと》は、チンギス・ハンが担った。

多くの礎《いしずえ》を築いた彼は、伝統と歴史を重んじ、内《うち》なる規律にも目を光らせ、力の限り采配を振った。

チンギス・ハンの子孫が、二十世紀前半まで、ロシアの地において、第一線で活躍出来たのも、彼が先頭に立って築きあげた結果であろう。

草子は、彼の原動力の源がどこから来たのかを知りたく、もう一度追いたい気になった。

成吉思汗《チンギスハン》は学校の歴史教科書に、〝一二〇六年チンギス・ハンが蒙古帝国（モンゴル帝国）を興す〟の一行《いちぎょう》の事実の記載のみの登場であった。再び、モンゴルが史上に現われたのは、国号が〝元〟となり、チンギス・ハンの孫、クビライ・ハンが皇帝であった。元寇で二度日本に攻めてきたことなどに、頁をさいていて、チンギス・ハンの文字は、あの一行のみで再度みることはなかった。

しかし、草子は、モンゴル力士の眼光、力強さをみるにつけ、ある一行の事実から現代まで受け継がれたモンゴル魂の秘密は、生い立ちにあり、と考えた。

彼に関する些少の資料と、井上靖氏の「蒼き狼」をベースにして考えてみた。

チンギス・ハンは、十一歳（九歳という説あり）くらいの、まだテムジンと呼ばれていた時、突然、父エスガイを失った。惨《むご》い殺され方だ。ボルジギン族の汗（主権者）であったエスガイの息子であるにもかかわらず、何の特典もないまま、むしろ敵対しているタイチユウト氏族に、好機とばかりに地位、財産、一家一族が、今日、今、食べるものすべて根刮《ねこそぎ》没収され、エスガイの部下にまで逃げられ、孤立無援となった。今風で言えば、小学五年生で、一家の長《おさ》として、生き延びるために、母や弟妹らの面倒も含めて何もかも判断を下すのは、彼であった。

初めのころは、草、みみずをはじめ、手近な動くものすべて口にして糊口をつなぐ貧しい生活、仕方なしの他部族との応戦が連続した。血にまみれ、人質、逃亡をくり返していくうちに、不屈で屈強な精神力を作り上げた。

父エスガイが暗殺された原因が、敵への甘き裁きであったことで、その二の舞いを踏まないために、戦闘で負けた部族の男を根絶やしした。残忍、残虐な侵略者と言われても、終生、手をゆるめることも情をかけることもことさらしなかった。そのすべては、血を吐き、首枷《くびかせ》による不自由さ、命がさらされた苦い体験から学習した結果であった。反面、チンギス・ハンは、女性に対する態度、特に母親ホエルンに一目置いていた。

長兄として、放縦自在な弟たちとの諍《いさか》いに、生死がかかる時も、母親のとりなしで事なく済んだことが幾度かあり、彼女を精神的な支柱とした。児童期に父を失ったことから、周辺の大人から、陣地、馬羊など、生計を根こそぎ強奪されたことで、敵に対し、冷酷を貫き通した。彼は、母ホエルンだけでなく、気の抜けない日々に、自分の考えをはっきり述べる、正妻ボルテ、凜とした、愛妃クランらからも、つかの間の安らぎを与えられた。

彼女らの優美、思いやりを受けとめることで、心が解《ほぐ》れ、人間的成長に与《あずか》った。彼がこのようにして戦いにあけくれ、次次と領土を広げていった原動力は女性であった。

一方、味方だからと言って命令にそむき、濫行乱逆などには、厳しい罰則を与えた。時には、死をもって償わせた。

彼の指導力、統率力は、自《みずか》ら先頭に立ち、実践したことで、集団を一段と大きく強くするのに拍車をかけた。

頑強と思われた彼の心が、時時乱される事があった。

正妻ボルテの長子ジュチ（ジョチ）は、彼女が他部族に奪われて九ヶ月目に誕生した子どもであった。

チンギス・ハンも、母ホエルンがメルキト族に奪われ九ヶ月して誕生したエスガイの子どもであった。エスガイが味わったであろう苦しみを、自分も受けることになった。

エスガイはチンギス・ハンを、エスガイとホエルンの間の子と認めて扱ってくれていた。父のように彼もそのようにふるまおうとするが、父の早い死で、父が乗り越えた度量を学ぶ機会がなくなり、ちらつく懐疑で、ジュチの仕種《しぐさ》から何かをみつけようと凝視する姑息さに気付き、自己嫌悪に陥ることもあった。

母ホエルンの力で次第に未熟な精神が鍛えられ、父としてふるまっていった。

チンギス・ハンは、女性を尊重したが、時に矛盾した気も生じた。

愛妃クランとの間の六歳の男児ガウランを全く血のつながりのない民に授けたり、他の女性との間の女児を、恩賞として品物のように部下に与えたことだ。

彼の行為は、ホエルンを失った後、近親に対し感傷に浸る時を持てないまま、たてつづけの戦いの中で生じた、不幸な面でもあった。

彼の行動の二面性も、年月を重ねるとそれが共存し、敵には恐れられ、味方に服従心を持たせ、彼の人格の形成になっていった。

それにつけても、チンギス・ハンは、頭の回転が速い。また機敏さにおいても歴代の指導者中トップクラス入りするだろう。

例えば、人の才能を瞬刻見抜き、適材適所を見極めて登用する。

若者でも一線の部署につけて、やる気をおこさせた。地位が人を作ることを証明した。

また、商隊、商人からの情報を収集し、敵の攻略を絶えず予測し神経を研《と》ぎ澄ましていた。人間に対してだけではなく、囲りの動物はペットではなく、彼の手足、腹を満たす実用品なので戦場へ行動を共にした。

特に遠征に欠かせない耐久力にすぐれた、小まわりのきく〝モンゴル馬〟を十二分に活用した。皮は水を入れる袋や衣服に。骨は矢じりに。尾毛は弓のつるに。血は水のかわり。肉は主食とし、一頭まるまる利用した。

遠征中は、馬上から射る小型の弓、刀、槍など装備すれば移動式武器、羊とともに移動食料庫になり、モンゴル統一の重要戦力にした。そのため、幼児のときから乗馬訓練を欠かさなかった。

また、モンゴル建国を成し遂げる礎《いしずえ》として、もとあった千戸《せんこ》の制を整備統制した。男性は常に兵となり、十人百人千人単位毎《ごと》に長《おさ》をつくり、彼を頂点に近衛隊を組織し、規律統制のもと、最強の軍団にした。

彼が絶えず目配りしたのは、内側から砦が崩れることを防止することであった。そのため、秩序を守ることを厳格に強《し》いた。井上氏は、この征服欲の根源がどこにあるのかを説いた。自らの出生にあるのではと考えられた。草子もおこがましいが、モンゴル帝国の王となるため、征服にあけくれ、内からの崩れをおそれ、カリスマ的支配の、源流はやはりそれであろうと同調した。

チンギス・ハンは、幼き頃より、古老ブルテチュの口から、モンゴル部隊が〝蒼き狼〟の子孫であることを繰り返し聞かされ、誇りに満ちあふれていた。しかし、父の死後とんでもないことが身内と思っていた者の口から深い憎しみを込めて発せられた。「テムジン、お前は、父エスガイの子ではないぞ!!」

異母兄弟の、とんがり帽子を口に入れたような尖《とが》った口から、自分がモンゴル部隊の父の子ではないと罵《ののし》られた。出生した時から全く疑うことがなかったから、青天の霹靂《へきれき》、突然てつはう（火砲）で、至近距離から撃たれたような衝撃は、後《あと》また後、モンゴルを統一した時にも薄められることはなかった。

はっきり言えば、狼の血が流れていないメルキト族が父だと、全く納得できなかった。

幼きころからの自分の思い、草原の王者、蒼き狼（まだらの狼）の子孫という誇りを失うことでもあった。

そうならないために考えた。

狼の血を自分にひきよせるのだと。

それは、メルキトはもちろん、タイチュウト、タタラ、オングライト、ケレイトの諸部族を、モンゴル族に統一吸収し、狼の子孫の帝王になることであったのだ。以来、チンギス・ハンは、名実共に、狼になるための戦いに、ふつふつしていった。

教科書中の一行《いちぎょう》は、その行間の中に、一朝一夕に敵を倒したのではなく、自分で考え、訓練し、悲劇をのりこえ、自らを蒼き狼となるべく、あらゆる方策を打ち出した結果を物語っている。彼は、実地から得た力を、鋭く研ぎすまし即実行できる屈指の人物であるから部下操縦も現代に充分通用できるだろう。

晩年の言葉に、

〝指揮官（上に立つもの）は、机上の知識だけでは人を動かすことはできない〟

〝どんな苦境に立っても、あきらめないで持てる力をとことん使い、前進のみ〟、日本に何らかのメッセージが与えられないかと思う。

草子は、手本とする父や師を欠きながらも常に人間性の軌道修正を加えつつ、度量の大きさも身につけ、子孫にモンゴル魂を残した彼に強くひきつけられた。

モンゴルの地にチンギス・ハンの血をひいたあるいはその魂を受け継いだ人が大勢いることを考えると、現相撲取りの強いのも、頷《うなず》ける

以来、モンゴル国との糸が、各界での大活躍、モンゴル国との定期航空路線開通、草の根交流で、糸が縒《よ》りに縒られ、ついに綱となって両国が繋《つな》がった。多くの交流が生じた。

結果、日本を出発し、次の日は、草原ステップを馬で駆けまわり、夜は満天星をみながらゲルで就寝という体験ができるのだ。

彼の魂は、現代も立派に受け継がれて平成から令和へとずっと続いていくことだろう。

尚、ガウランという男児を名もなき民に与えて以来消息不明であると、井上氏の筆が擱《お》かれている、草子も気になっていた。

ある歴史書に、〝第二皇后フランに息子コルゲン〟と書かれ、〝コルゲンが、チンギ

ス・ハンのヨーロッパ遠征に従軍したが、若くしてロシアの地で戦没〃と、あった。
草子は、コルゲンがクランの息子ガウランと同一人物かを確認していない。もしそうであれば、幼き命の行く末を案じ、どうにか生きながらえていれば、どんな青年に育ったか気になっていた。不幸にして、戦没であっても、父に捨てられたきりではなく、従軍中は、きっと親子の親密な交流があったと思うことで勝手に得心している。姫らもきっと、良き母になって一生を終えたことであろう。

参考資料
蒼き狼　井上靖
モンゴル帝国の歴史　ディヴィッド・モーガン
モンゴル歴史紀行　松川節
疾駆する草原の征服者　杉山正明（中国の歴史8）
敬称略

「紫草《むらさき》のにほへる妹《いも》」の情

私、万保《まほ》は、平成三十年十二月三十日夜、夢をみた。次の年号への、喧《かまびす》しさの中だ。

その夢の主人公は、万葉歌人　額田王《ぬかたのおおきみ》。遠目ではあるが、直《じか》に対面をしたのだ。あの世であいたい方の一人であったから、驚愕と戦《おのの》きで、彼女を仰いでいる人々の後ろで、狼狽《ろうばい》している場面であった。今までの夢に登場したことのない、その紫めいた神神しさが目に残った。古代史や古典文学で学習したその方は、紫色のベールかショールのようなもので、肩を覆うようにして、両腕でおくるみをお抱きになって、宮殿のバルコニーに立たれ、笑顔を振り撒くお姿。

手すりに光輝を受け、透けるような、たたずまいに驚喜しつつ、目覚めた。清らかな朝。

次の夜、摩訶不思議なのは連夜、歌人のあのお方の出現である。晦《みそか》の夢と違うのは、四十年ぶりの万葉集研究会出席の講堂で、前列を占めていると、大会進行役司会に登壇。

てきぱきと事をすすめ、降壇の折、「万保さん、本当におひさしぶりですね」の声で、舞い上がり、返答を発声しようと、踠《もが》くうち目が覚めた。元旦だ。賀状を待つばかり。めっきり枚数を減じてきたが、義理立てのない方々が残ったからであろう。

そのうちの一枚、いつもの年頭の挨拶と、思いがけない文言の書かれたものが届いた。

額田王という文字に釘づけとなった。

私、万保は、学生時代から、万葉集をこよなく愛読し、研究会の月一ではあるが、末席にいた。社会人になると不勉強さに紛れ、途切れがちになった。賀状の主は、この研究会員同輩の友であった。彼女は夫の国内外転勤でも全く万葉集から離れることのなかった、志操堅固な人である。彼女の誘いが、暮れからの連夜の夢が呼んだ予告なのだろうか。出席と即答した。半年以上先の開催なのに、気が逸った。先細る人生に、ぼやっと生きていられないことを悟った。長い空白をとり戻すために、今までのノートを恐る恐る操り始めた。

時代も人物もチグハグで、古代王宮の巫女で歌人の彼女との接点は、現実には、全くありえないことである。にもかかわらず夢というものが、未来を予知することも、今回混在していることに気付いた。

もう一つ、これこそ、夢とつながったのは、平成三十一年四月一日、ついに新元号『令和』と知らされた。なんと、出典は〝万葉集〟巻五　梅花《うめのはな》の歌三十二首併《あわ》せて序《じょ》であった。

しかも、額田王が活躍されていたと思われる〝大化〟から数えて二百四十八番目である。

一度発表された元号は不変ということから、万葉集つながりとして万保の中では、夢が予知を運んでくれたと本当に心から思った。

万保は、ここ二年くらい前から、何げない時に、ふと、あれはどうなったのだろうか、あるいは、あの人はどうしたのかなと、有名無名を問わず心に、場面や人物が浮かんでくることがあり、今回のような夢の中のこともあり、現実には、便りで知ることがある。

不思議なことに万保は、名が知れる人ならば、新聞、テレビなどマスコミに登場することであり、知人は、電話がくる、手紙が届くなどで動向を知る場合が、数多くあった。

額田王について、日本史や古典で学習した高校時代をなつかしみ、今一度、少しさびつきはじめた脳に、サンドペーパーをかけることにした。

茜《あかね》さす　紫《むらさき》野《の》行《い》き　標野《しめの》行《い》き
野守は見ずや　君が袖振る
額田王（万葉集巻一　二〇）

紫草《むらさき》の　にほへる妹を　憎くあらば
　人妻ゆゑに　われ恋ひめやも

大海人皇子（万葉集巻一　二一）

若いころ、子まで生《な》した二人であったが、この歌を贈答した時、額田王は、中大兄（天智天皇）の、後宮に在り、大海人（後の天武天皇）は、多くの妃、特に鸕野皇女（後の持統天皇）が傍らに在る状況である。大胆すぎてこのあと、ご両人はどんなふるまいをしたのだろうかと、本気で気にかけていたほどだ。

後年、井上靖先生、中西進先生の小説、評論の中で、両者は、三十代後半もしくは、四十歳前後、万葉時代では老年期で、現代でいえば、六十代後半～七十代に相当するらしい。

そして、皇室行事の狩り場での余興の中の一幕であったと知り、学校で学習した折の乙女心は、完全に青すぎた。

あらためて、額田王は、どんな女性であったのだろうか。

華華しい人生を送ったと想像するが、実のところ、生没《せいぼつ》すら特定できる資料が、みつからないのである。言うまでもなく、宮中に上《あ》がる前、歴史上から消え終焉まえの小半生《こはんせい》は不明である。

万葉の学識経験者の持論をつきあわせたが、浅学な万保の思考では、謎の多い女性であること以上を解明《ときあ》かすことができなかった。

そうであれば、今から約千四百年前の古代の一女性の特異な生き方を、表出した歌を紡いで、少しばかり推量を加えても許していただけるのではないかと考えた。

額田王は、日本史では、白鳳文化の担い手の一人で、古来の歌謡を万葉集に残す歌人であったと学習した。

天皇の傍らに仕え、神の声をきいたり、女帝・天皇の歌の代作をし、神事に奉仕する巫女《みこ》的な存在であったらしい。

彼女の名を特に有名にしたのが前述の蒲生野での狩りの歌であった。

中大兄皇子（天智天皇）、大海人皇子（天武天皇）の両王から愛され、大海人との間に十市皇女《とうちのひめみこ》が誕生した。この姫は、若くして、幼児（葛野王《かどのおう》）を残し、早朝突如身罷《みまか》った。

額田王は、娘十市を自分の手から離し、傅育《ふいく》（乳母も含めて）は委ねることで、両雄の妃、母になることを拒み、人と神の間を司どる巫女として権力者に仕える道を強《したた》かに選び通した。十五歳くらい、今で言えば中学卒業前後で、女帝（両皇子の母君—

斉明天皇）付《つき》の侍女として出仕したらしい。

兄である中大兄皇子と、弟である大海人皇子が天皇という地位を争うが、彼女の存在が微妙ではあるが、大きく作用していたかもしれなかった。楚楚として、利発さを備え、母の後に付き従う姿を目や心に留めないはずはなかった。事ある毎に、天皇に代わって神の言葉を、天皇の言葉として表現したり、詔《みことのり》により歌を詠んだりと、特殊な職能の中でひたすら智を研《みが》いていたと想像できる。

長ずるにつれ、強《したた》かにそうしなければならなかったのは、両皇子の行状をつぶさにあますことなく察知してきた結果であろう。

彼らは、現代に生きる者として考えられないことだが、叔父、叔母、兄弟姉妹の結婚で濃い血縁をつくり、強大な権力を集中させていた。一方で、強力な権力を侵害する者をたとえ兄弟、甥、叔父と言えども、容赦なく葬ることを嫌悪しても宮仕えという身じろぎもままならぬ彼女が、心中を悟られぬよう、能面顔で己《おのれ》を虚《むな》しゅうして生きていく道を仕方なく選び通した。思いがけず、大海人皇子との間に十市皇女が誕生した時も母という心を閉じ込め通した。

そこのところを、井上靖氏の小説では、〝額田は女であることも母であることも己れに禁じた。女であることを許せば、わが子の将来を思って血眼になって、政治の黒い流れの中に身を投じなければならない。〃と、そして誓ったことは〃神の声をきく女としての自分を、どこまでも貫かねばならなかった、少なくともそうしようと努めていた。〃という。

万保は、『努めていた』という心の内の深い苦悩を思い遣った。幼き十市皇女は、大海人皇子の姫なので、心身の生生《せいせい》に多くの女房に傅《かしず》かれ、母のいない環境に慣れるよう育てられたのだろう。しかし、この時代は、母方のもとで育てられるから、姫のように、父が大海人だからといっても、母心を与えてはもらえず、幼き心に母を恋い慕う気持ちをおさえねばならなかった。深い苦しみと悲しみを、姫が母となってもうめることはできなかったようだ。額田王も、そこのところは、姫と同じくらい苦しみを受けていたと想像する。それでも、宮廷で傅育させてまでも、きっぱり母であることを断ち切らねばならなかった立場や姫の気持ちを充分知りながらも、母としての感情を包み込むが、遠目ながらも姫が、毱つきなどで傅女の間で歓声をあげるのがきこえてくると、包の口がほどけそうになるが、包の口を結び直すことはあっても、開《あ》けない姿勢を貫いた。頑《かたく》なに、何者にも心を所属させない態度を守り通した。傍目《はため》には優雅で自由で凜とした生き方にみえたであろう。これが、額田王像を決定づけたと思える。

しかし、万保は、神として仕えた天智天皇の崩御、娘十市皇女の俄《にわか》な死、次次の別れ、やはり一人の女性の心中慟哭する姿が浮かぶ。

特に十市姫を失った悲しみには、きっと身悶えし泣き崩れたことであろうと想像できる。

この深い悲しみが、自分をおさえていた凜とした生き方に、堪えに堪えた人間性をとり戻す大きなきっかけとさえ考える。

まもなくして、額田王は、神の声をきき、神と人の仲介者から、普通の人になった時、役目を終えたように歴史の中へ消えていった。

弓削皇子《ゆげのみこ》との諧謔の贈答も、彼女の公《おおやけ》の場の最後であっただろう。

「おばばさまー、おばばちゃまー

ごらんになってー」

額田王が五十代半ば、あるいは末くらい（現代では八十代らしい）、飛鳥の都の片すみで、十市姫の忘れ形見葛野王、あるいはその子ひ孫王、王女に幼き時の娘の姿を重ねて、情を注いだと思いたい。

相好をくずして、遊びの輪に袖をふる姿、元気であれば、野草の上で毬を手でころがし母としてできなかった分、とりもどそうとしていたのではないだろうか。
いつしか日が暮れ、あたり一面夜色でおおわれ、すべてが闇に流れていった。

参考資料
額田女王　井上靖
万葉集　中西進
敬称略

オトのひとり立ち

もうすぐ、どんぐり小学校の運動会です。

僕は、この小学校の校庭にある楠をねぐらにしている、カラスの〝オト〟です。巣立ちから半年以上経っています。

オトという名前は、この小学校の一年生、小都《こと》ちゃんがつけてくれました。

小都ちゃんは、僕にとって、巣立ちの恩人です。初めて飛び立つ時、枝に絡まり巣から落ちかけたのを助けてくれたからです。

さて、どうやらこの地方に、台風が近づいているようです。校庭の木々がブランコを漕ぐように、大きく揺れています。雨も始めはポツポツでしたが、次第にホースから勢いよく出る水のように、運動場を浸しはじめました。運動会は、三、四日後ですから、当日までに強風と豪雨がおさまってくれるか、とても心配です。運動会のために、一ヵ月前頃から、運動場は毎日練習のためににぎわっていました。一年生から六年生まで、走ったり、踊ったり、跳んだりはねたりしていました。

小都ちゃんも練習が終わると、額に汗が光っていました。二年生は、大玉を転がしていました。と、いっても、大玉の行きたい放題で、思う方向に転がせていませんでしたが。

五年生、六年生のお兄さんお姉さん達は、合同で組体操です。三段目になった子が力強く両手を上に伸ばすことができるよう、何度も何度も練習を繰り返していました。けががないようにと、僕は少しハラハラして見ていました。木の上で休んでいると、太く長い綱が、運動場に斜めに伸びてきました。二手に分かれて綱の引き方、声の出し方を習っている三年生の上気した顔が、見えます。

綱が引っこんだと思ったら、今度は長下駄が何足も出てきました。四年生のむかで競争です。五人で呼吸を合わせないと、なかなか一歩が出ません。前の人の肩に手を掛けて、腰に手を当てた先頭の声に合わせて、足を、右、左、右、左とそろえて出しています。何回も前のめりになりそうなのを、みんなで踏ん張って立て直していました。

僕は、どんなところにいても（といっても、隣の公園にいることが多いのですが）、練習姿の小都ちゃんを見つけると、すぐさま飛んでいって、楠のてっぺんに陣どります。

おや、次は一、二年生合同で〝ひょっこりひょうたん島〟を、踊るようです。特にその音楽を聴きつけると、僕は少し遠くにいても、急いで戻ります。ここからは小さくしか見えませんが、いちごの絵がいっぱいついたバンダナをつけた小都ちゃんが、先頭にいます。

当日が本当に待ち遠しいです。

次の日は、三、四年生が〝世界の国からこんにちは〟という曲に乗せて、日暮れまで練習していました。両手に持った各国の旗が、風で翻っていました。

この小学校では〝ふれあいの会〟というのがよく開かれています。先生と生徒はもちろん、親と子、生徒と地域のお年寄りとが集まって、みんなで楽しむ会です。それは食事会だったり、学芸会、展覧会だったりします。〝ふれあいの会〟は、すっかりこの小学校の年中行事になっているようです。その中で、何といっても「運動会」が一番大きな行事です。土曜日に開催するのも、保護者や地域の人達も参加することで、ふれあいをより深めたいからだそうです。

玉入れ、綱引き、二人三脚、大玉転がし、かけっこ、むかで競争……本当に楽しそう！　僕もせっかくの運動会が台風で中止にならないように祈っています。

いよいよ、運動会当日になりました。

昨日まであんなに強かった木の揺れや雨も収まって、朝には、お日さまも顔をのぞかせました。すっかり運動会日和です。

僕が起きた頃には、運動場には、まだ人っ子一人いませんでした。でも七時頃になると、先生達がぞろぞろとやってきました。そして、八時半になると、生徒達は、運動場の白いラインの周りの決められた位置に座りました。

みんな運動会の始まりを、今か、今かと待っています。小都ちゃんは、一番前に座って、隣や後ろの子達と楽しくおしゃべりをしています。

開会式、日の丸が揚がり、ラジオ体操、注意事項と続き、いよいよ演技の一番目、小都ちゃん達の出番がやってきました。

「あっ！　小都ちゃんだ！」

あのいちごのバンダナをつけた愛らしい姿で、入場門から行進です。小都ちゃんは先頭なので、僕にはすぐわかりました。

小都ちゃんは、〝ひょっこりひょうたん島〟の音楽に乗せて手を斜め上にして、ケンケンしたりしています。けれども、昨日までの台風の名残で、ときどき強い風が吹きつけます。

小都ちゃん達は、片足で立ち小さな体を飛ばされそうになりながらも、最後まできちんと踊り通しました。僕はもう、その姿にすっかり見とれてしまい、くちばしにくわえていたパンをうっかり落とすところでした。

校長先生も、大きな拍手をしています。

お昼に近づくにつれ、少しずつお日さまが雲とかくれんぼを、し始めました。空はまだ、落ちつかないようです。

　運動場では、お日さまのご機嫌が少しずつ斜めになってきたからか、まだ昼前なのに午後一番の予定だった、赤白の応援合戦が行われました。次も、本当はこれも午後予定の、小都ちゃんの出る「玉入れ」です。

　この玉入れは、お家の人といっしょに出ます。小都ちゃんは、お父さんと出場しました。

　白い帽子をかぶり、手には白玉を持って、お父さんと手をつないで入場です。

　ピストルの合図で、まず、小都ちゃんが白いカゴめがけて玉を投げ入れます。

　笛の合図で、お父さんも加わりました。

　小都ちゃんは背が低いほうですから、玉がカゴまで届かなくて、なかなか入りません。「あっ！」僕は、小都ちゃんの投げた白玉がついに、カゴに入ったのを確かに見ました。

　でも、小都ちゃんはそのことに気づいていないようです。

　小都ちゃんのお母さんと小さな弟の一太《いちた》君が、席で応援しています。「パーン！」ピストルが鳴りました。投げ入れ終了です。

　それぞれのカゴが傾けられました。

「ひとーつ、ふたーつ、みーっつ……」赤玉、白玉が、空に向けて投げられるたびに、大きな声が運動場全体に響きました。

二十二個で、赤玉がなくなりました。次に、二十三個で、白玉もなくなりました。

「白組の勝ちー！」

指令台の上の先生が、白い旗を勢いよく揚げました。小都ちゃんは、自分の入れた白玉が勝敗を決めたことを知りません。

それでも笑顔でバンザイをしています。

そして、赤組にも大きな拍手をしています。

小都ちゃんの大活躍が見られて、僕も大満足でした。空を見上げると、風で雲の流れが早くなっています。青空が鉛色の雲に覆われて、今にも雨が降り出しそうです。

午後にやる予定だった、徒競走、学年別リレーは、別の日、体育時の授業でやることになりました。ほかの競技も、午後の部を午前に入れたり、はしょったりしたので、なんとかすべてが終了しました。「昼食にします！」

校長先生のこの声を待っていたかのように、ついにポツポツと雨が降ってきました。みんなは、体育館の中、校舎の犬走りなどに避難、思い思いにシートを敷いて、楽しそうに弁当を広げています。小都ちゃんの家族も、楠の下にストライプのビニールシートを、敷きました。僕も、運動場を見渡せる木のてっぺんから急いで、茂みに入りました。そこに、僕の母さんが帰ってきました。母さんは、太いくちばしの先に、だいぶ色づいた柿を二つ、三つ、つけた小枝をくわえています。僕は巣立ってから、かなり経っているのに、時々母さんに甘えて、食べものをもらっています。

十月の柿は、まだ、葉っぱと同じ色のものもあります。でも母さんは、少しでも熟した柿色の実を見つけるために、朝早くから、日当たりのよいところで探してくれたのでしょう。おかげで仲間よりも早く、おいしい柿を口にできました。

母さん達は、もともと住んでいた、木の実の豊富な山里が開発されてしまったため、仕方なく市街地の公園にある槙《まき》や、街路樹のトウカエデの木をねぐらにしています。

嫌われカラスと言われることに、納得してないそうですが、仕方なく、街中で暮らしているのです。もともと住んでいた山里はもうないのですから。

公園には、早くから住みついた鳩が多くいますから、僕たちカラスは、なかなかエサにありつけません。しかも、ここらは、生ゴミの始末が行き届いている人達ばかりが暮らしています。ですから、好き勝手にゴミ袋をつつくこともできません。

それでも僕はここで生まれたから、僕の故郷は、この場所しかありません。

僕は、時々パン屑をまいてくれる、お婆さんの指の隙間からのおこぼれに、与《あずか》ったりしています。けれど、何日もエサにありつけない時もあります。そういう時には、公園の前の洋館の壁面を這う、ナツヅタを食べるように、母さんに教えてもらいました。

エサ採りは、たいへんですが、いつまでも母さんに頼るわけにはいきません。でも、母さんの近くにいると心強いので、離れられずにいます。僕が公園ではなく、校庭をねぐらにしたのは、時々、小都ちゃんがパンの耳やクラッカーを、そっと小石の下に置いてくれるからです。きっと、給食のおすそ分けなのでしょう。これは誰にも内緒の秘密です。

見つかったら怒られてしまいます。

それでも、小都ちゃんは置いてくれるのです。そして、小都ちゃんは、約束してくれていました。「オト、運動会の日、お弁当分けてあげるからね」僕はうれしくて、公園の滑り台を一気に滑ったり、電線にぶらさがったりと、カラス仲間と、はしゃぎ回りました。

さて、今日がその約束の運動会の日。いつもの小石のところに行くと、ありました！

唐揚げ、パン、たこソーセージ、卵焼きの、大ごちそうが、小石の横に置いてありました。

さっそく取りに行くと、二歳の一太君が、僕を見て、「カーカー来た」と、喜んでくれました。なんだか僕まで、小都ちゃんの弟になったような気分です。僕は、〝家族団らん〟というものを、少し味わった気がしました。

ただ、小都ちゃんのお父さんだけは、僕達カラスに、あまりよいイメージを持っていないようで、遠巻きに見ていました。

それでも僕は、お父さんにお礼が言いたかったのです。小都ちゃんの親切のおかげでここにいること、感謝の気持ちでいっぱいだということ、を、お父さんに知らせたいと思いました。そこで、僕は、頭を地面に着くくらい、低くして、少しずつお父さんに近づきました。「カー」と、小さくお礼の一声を上げました。お父さんは、僕の方を見てくれました。「おっ！　瞳がブルーだ、よく見たら、かわいいじゃないか」お父さんも少し打ち解けてくれたようです。「でも、エサやりは止めにしような」お父さんが、小都ちゃんにこう言ったのが聞こえてきました。

僕は、小都ちゃんから、エサがもらえるのも、これが最後だということを理解しました。

そんな中、昼休み終了の合図の笛がなりました。僕は急いで唐揚げをくわえると、梢にもどりました。ねぐらにそれを置くと、心を込めて鳴きました。「カー、カー、カー」（小都ちゃんおいしかったよ、ありがとう、さようなら……）

大粒の雨にならないうちに、すべての競技が終了しました。閉会の言葉が、終わると同時に、本降りになってきました。

校庭に、いっせいに傘の花が咲きました。

僕の目から、涙なのか、雨のしずくなのかさだかではありませんが、何かがいっぱいあふれ落ちました。

それでも、心の中はいつまでも、お日さまみたいな温かさで、いっぱいに満たされていました。

著者プロフィール

山内 雅子（やまうち まさこ）

1945年（昭和20年）生まれ。
奈良県出身。
元高校教師。
愛知県在住。

車いすとどこまでも

2022年6月15日　初版第1刷発行

著　者　山内 雅子
発行者　瓜谷 綱延
発行所　株式会社文芸社
〒160-0022　東京都新宿区新宿1－10－1
電話　03-5369-3060（代表）
03-5369-2299（販売）

印　刷　株式会社文芸社
製本所　株式会社MOTOMURA

ISBN978-4-286-23806-7